REIGLES,

STATVTS ET ORDONNANCES

DE

La Caballe des Filous reformez depuis
huict iours dans Paris.

ENSEMBLE

Leur Police, Estat, Gouuernement, et le
Moyen de les cognoistre d'vne
lieue loing sans lunettes.

A PARIS.

REIGLES,

STATVTS ET ORDONNANCES

De la Caballe des Filous.

———

ᴛʜᴇɴᴇᴇ, le plus falot des hommes apres Lucian, dit que de son temps tous les filous, tirelaines, coupeurs de bourses, destrousseurs de passans, et autre telle canaille qui ayment autant le bien d'autruy que le leur, auoient accoustumé de s'assembler à Rome aux ides de Iuin, et illec donner ordre au gouuernement et estat de leurs affaires, receuoir les plaintes, punir les delinquans, c'est à dire ceux qui laissoient leurs oreilles en chemin ou se laissoient espousseter par le bourreau.

Il semble que tous les freres de la Samaritaïne, soldats de la courte espee et gens de telle farine, ayent leu ce passage et en ayent voulu renoueler la coustume : car ieudy dernier, sur les onze heures du soir, ils s'assemblerent sur le Pont Neuf, du costé de l'Escolle; et comme chats huants taciturnes vindrent à tastons de toutes parts, pour deliberer de leurs affaires, et apporter vn nouueau reglement à l'entretien de leur chetiue, pauure et miserable vie.

Fouille Poche, General de l'assemblee, oncle en dernier ressort de Carfour et proche parent du petit Iacques, comme ayant le plus d'interest en la conseruation de son ancien droit, qui est de prendre ce qu'il rencontre, s'y trouua le premier, et pour son siege plia trois ou quatre manteaux en quatre qu'il venoit de desrober, et qu'il portoit vendre au frippier Gueule Noire, maistre receleur des halles. Et apres auoir longtemps attendu ses camarades, voyant que minuict s'approchoit, il commença ainsi : Mes confreres,

il est à propos de faire vn bon reglement pour
l'establissement de nos affaires; ie voy que de
iour à iour nostre nombre diminue, et que le
plus souuent les nouueaux receus, pour ne sça-
uoir l'art de la vollerie, sont troussez en malle
et sont conduits à Montfaucon, pour là faire la
sentinelle et faire des cabriolles en l'air. Ie suis
d'aduis, pourueu que me prestiez l'espaule, de
nous exempter de cet affront, et laisser, si nous
pouuons, les eschelles en leurs places sans aller
attaquer ou prendre le ciel par escalade. Tous
les coupeurs de bourse, grands et petits, trou-
uerent l'aduis tres bon et approuuerent son con-
seil, desirant infiniment d'estre exempts d'vn tas
de coups de baston qui greslent quelquesfois sur
leurs espaules.

Premierement, dit il, (ce qui est bien difficile
à faire) il faudroit que nous pussions faire re-
uiure le legislateur Lycurgue, afin de persuader
aux Françoys que le larrecin est vne tres bonne
chose, et qu'on le doit permettre pour deniaiser

6.

le monde. Toutesfois, puis que les maschoires luy sont tombees, et que le pauure here ne peut plus parler, ie feray mes ordonnances au mieux qu'il me sera possible.

REIGLES,

STATVTS ET ORDONNANCES

Des Couppeurs de bourses.

—

I.

PREMIEREMENT, tous nouices et apprentifs de nostre estat et mestier seront tenuz d'auoir fortes espaules pour porter les coups de baston qu'on leur donnera venant à estre descouuerts et pris en deffault.

II.

Voulons et ordonnons que personne ne puisse estre receu maistre passé en l'art, s'il n'a les deux oreilles couppees et quatre ou cinq estafilades sur le nez; et, par ce qu'en diuerses rencontres ils pourroient se trouuer en lieu dangereux, seront tenus lesdits postulants de porter des oreilles d'escarlatte dans leurs pochettes et s'en seruir aux occurrences.

III.

Voulons que tout homme qui aspire à nostre mestier soit de la famille des rougets et des grisons, autrement descheu de tous priuileges, munitez, exemptions, etc.

IV.

Quiconque postulera pour estre receu maistre de nostre dit office et estat sera contraint, en entrant en nostre communauté, de bailler son nom, et de monstrer les armoiries du Roy grauees en beau caractere sur ses espaules.

V.

Entrera ledit suppliant en charge, aura son

quartier, rendra bon compte de ses expeditions,
ne songera en aucune façon à la paulette; car
sa place, venant à vacquer par mort ciuille ou
criminelle, galere, fuite, exil, bannissement,
fouet, etc., sera donnee au plus vaillant et plus
subtil de la trouppe, sans qu'aucun de ses heri-
tiers y puisse pretendre.

VI.

Ordonnons que nostre bouticque sera prin-
cipalement ouuerte les grandes festes et iours
solennels, dimanches, et autres iours que nous
dresserons nostre banque dans les assemblees,
marchez, places publiques, pour là debiter
nostre drogue aussi bien que Padel et attraper
les marchans.

VII.

Que si quelque pauure diable, par malheur,
est pris sur le fait en couppant quelque chaine,
tablier, pochette, bourse, sera tenu de iouer,

escrimer, estramaçonner de l'espee à deux iambes, laissant plus tost à la place toute sorte
d'engins, ciseaux, cousteaux, tenailles, sur peine
d'estre esleué sur vne busche de quinze pieds de
haut, et d'espouser ceste veufue qui est à la
Greue. Voulons en outre, quand quelqu'vn s'en-
fuira et qu'il sera poursuiuy par les bourgeois,
archers et autres gens, que trois ou quatre de
nos filous arrestent les plus hastez, fassent passage au delinquant, sous ombre de s'enquerir du
fait et de courir apres.

VIII.

Seront d'ordinaire bien habillez, manteaux de
taffetas satin, pourpoints decoupez, effrontez,
hardis à l'entreprise, fins et subtils, hauts à la
main, bonne mine, bon pied, bon oeil, mar-
quant vne chasse pour le lendemain, diligens,
actifs, forts et puissants; afin que si par cas for-
tuits ils sont enuoyez à Marseille pour seruir
le Roy, ils aillent gaillardement auec ceste rodo-

montade : *Valeamus à galeras por seruir el Re
nuestro Seignor;* et qu'estant là arriuez, ils es-
criuent dans l'eau auec vne plume de quinze
pieds de long et tiennent bonne posture.

IX.

Lors qu'on prendra quelqu'vn des nostres, les
officiers de la Samaritaine seront tenus d'en faire
rapport à l'assemblee, afin de le degrader comme
vn poltron et vn coquin, faict-neant et inhabille,
et neantmoins deputeront quatre des principaux
pour assister à sa mort, voir s'il n'accuse personne; et dans l'affluence du peuple qui se trouue
à telle deffaite, ioueront les dits deputez des
deux mains, qui deça qui dela, et tascheront
à venger la mort du patient sur ceux qui le
gardent.

X.

Auront, nos dits supposts, pour attrapper les
niais des chaisnes en façon d'or qu'ils laisseront

tomber expres, afin qu'estant recueillis qu'ils en
tirent leur part : ne manqueront de lettres fein-
tes, demanderont le chemin, se feront conduire dans quelque cabaret, là destrousseront
leur conducteur, contreferont les estrangers, auront deux ou trois frippiers appostez pour vendre
et distribuer leur vol, seront courtois : et feront
la courtoisie entiere, c'est à dire osteront le cha-
peau et manteau tout ensemble, prendront l'argent sans compter et l'or sans peser : iront autant
de nuict que de iour sans crainte du serain : s'il
fait froid, ne porteront gans, ains eschaufferont
leurs mains dans les pochettes de leurs voisins;
ne rendront rien de ce qu'ils auront pris, fouil-
leront par tout, tiendront d'ordinaire le gros de
leur caballe dans le fauxbourg Saint Germain,
Marests du Temple, fauxbourg Saint Marcel et
Montmartre, sans oublier le Pont Neuf.

XI.

Seront, les principaux maistres du mestier,

subiects vn tantinet au macquerellage : cognois-
tront tous les couuerts de Paris, sçauront les bons
lieux, afin d'y mener et conduire les niais et
nouueaux venus, et illec les deplumer comme
corneilles d'Esope, et chercher la source de leur
fouillouse : que si, par copulation, conionction
feminine, plantation d'homme, quelque pauure
diable va au pays de Suede, Claquedent, Ba-
uiere, etc., nos macquereaux et coupeurs de
bourses se donneront de garde d'estre recogneus,
et fuiront les coups, la queue entre les iambes,
comme vieux chiens deracez.

XII.

S'il y a quelque foire Saint Germain, Landy
ou autre, seront tenus, nos dits supposts, de s'y
trouuer des quatre coins du royaume, et là attrapper les marchands au piege, les affronter,
enuahir, tromper, deceuoir, seduire tout le
monde, et fuir le bourreau comme vne peste tres-
dangereuse et abominable. Telles sont les lois

contenues en nos statuts, que le Fouille Poche veult estre soigneusement gardees par nous, et en partie par vng tas de larrons domestiques et vng tas de mercadans qui vont parmy le monde, et qui empruntent la faueur de nostre nom. La compagnie approuua ces statuts comme tres bons et valables, estant estroictement obseruez, pour la manutention et entretien de leur estat et office de couppeurs de bourses.

LE

MOYEN DE COGNOISTRE

Les Filous d'vne lieue loing sans lunettes.

—

REMIEREMENT, il faut que vous sça-
chiez qu'ils ont vn nez, vne bouche
et deux yeux comme vn autre homme,
et pourtant il n'est point difficile de les trouuer.
On en rencontre partout, et ressemblent mieux
à vn singe qu'à vn moulin à vent ou à vn fagot :
toutes leurs actions sont vrayes singeries, mais
ne leur baillez iamais la bourse à garder ; car ils
sçauent fondre l'or et l'argent, et sont les plus
grands alchimistes du temps present, du passé et
de l'aduenir. Quand vous verrez vn Allemand
contrefaict, vn homme bigarré comme vn valet.

de carreau, ou le roy de picque, vn macquereau,
vn Minos du palais, vn ioueur de dez, vn cher-
cheur de repue franche, vn poëte qui prend les
vers à la pipee, vn entreteneur de dames, vn
homme de chambre botté, fraisé comme vn
veau, gaudronné comme vn singe, vn laquais va-
gabond, vn ioueur de tourniquet, vn faiseur de
passe passe, Iean des Vignes et sa sequelle, vn
sauteur et plaisantin, vn Gascon sans argent, vn
Normand sans denier ny maille, vn visiteur de
foires, vn courtisan des halles, vn traffiqueur de
vieux habits, vn receleur frippier, vn traineur
d'espee sans maistre, sans capitaine, sans compagnie; imaginez vous de voir autant de filous;
et quand vous rencontrerez telles gens, serrez
vostre bourse, et mettez la main dessus auec ces
mots *au premier occupant.* Que si vous les voulez voir de loin sans lunettes, allez vous planter
sur la montagne de Montmartre, et croyez que la
moitié de ceux qui sortent ou entrent dans Paris
sont tous filous sans en rabattre la queue d'vn

seul : et si vous en voulez la raison , c'est le temps qui le porte, et le siecle le requiert ainsi dans la corruption où nous sommes. Adieu, souuenez vous de l'anneau de Hans Caruel, on ne prendra iamais vostre bourse.

FIN.